Titre original :
GRANCREST SENKI vol. 2
by Ryo Mizuno, Makoto Yotsuba, Miyuu

First published in Japan in 2017
by HAKUSENSHA, INC., Tokyo.
French language translation rights
arranged with HAKUSENSHA, INC., Tokyo
through TOHAN CORPORATION, Tokyo.

Traduction du japonais : Ninon Masella
Adaptation graphique : Martin Berberian (B.L.A.C.K Studio)
Maquette de couverture : Hervé Hauboldt
Suivi éditorial : Anna Dreveau
Direction éditoriale : Mehdi Benrabah

Édition française
2019 Pika Édition
ISBN : 978-2-8116-4667-7
ISSN : 2102-4634
Dépôt légal : décembre 2019

Achevé d'imprimer en Italie
par Grafica Veneta en décembre 2019

PAPIER À BASE DE
FIBRES CERTIFIÉES

Pika Édition s'engage pour l'environnement en
réduisant l'empreinte carbone de ses livres.
Rendez-vous sur www.pika-durable.fr

PiKa
EDITION
www.pika.fr

Postface

Merci d'avoir lu le tome 2 de "Record of Grancrest War" ! Désolé que vous ayez dû attendre ce second volume si longtemps. D'ailleurs, il est sorti à peu près en même temps que le volume 9 du roman original* !

Dans le roman, c'est déjà la bataille finale, alors qu'ici, nous n'en sommes qu'aux prémices. Mais avec l'arrivée dans la bande de Lassic et Moreno ainsi qu'avec l'énergie chaotique d'Aishela, il n'y a jamais de temps mort !

Il y aura aussi l'adaptation animée du roman qui commencera en janvier 2018. Dès que je reçois de nouveaux documents à ce sujet, je réalise un peu plus que ça va vraiment arriver. D'ailleurs, le design de Neeman Modeley ne sera plus le même qu'au début de la publication.

Dans la version manga, nous allons bientôt aborder une grande bataille. J'espère que vous l'apprécierez, tout comme le roman et l'anime !

四葉真

MAKOTO YOTSUBA

* AU JAPON, LE TOME 2 EST SORTI HUIT MOIS APRÈS LE TOME 1 (OCTOBRE 2017) ET UNE SEMAINE APRÈS LE TOME 9 DU ROMAN (INÉDIT EN FRANCE).

AH ! ELLE ROUGIT, LA DAME !
QUE...
BLUSH
MAIS PAS DU TOUT !
B... BREF ! IL NOUS FAUT TOUJOURS CONCLURE L'ENTENTE AVEC LE GOUVERNEUR DE SIEVIS !
IRVIN, TU VAS ALLER DE VILLAGE EN VILLAGE RACONTER À QUEL POINT SIRE THEO AIME SES SUJETS !
TANT QUE SIEVIS RESTE UNE MENACE...
UH-HUM
NOUS NE POUVONS NOUS PERMETTRE AUCUNE NÉGLIGENCE !
NE T'EN FAIS PAS, JE LE SAIS.

PEUT-ÊTRE BIEN...
MAIS JE VOUS REMERCIE QUAND MÊME DU FOND DU CŒUR.

ET TOUT LE MÉRITE DE CETTE VICTOIRE CONTRE LE CHAOS TE REVIENT.
QUOI ?!
MONSEIGNEUR DIT VRAI, VOUS SAVEZ.
C'EST GRÂCE À VOUS...
TSAP
MADEMOISELLE SILUCA.
PATRON...
JE VOUS DOIS LA VIE, MADEMOISELLE SILUCA.
FSH
JE VOUS EN SERAI ÉTERNELLEMENT RECONNAISSANT.
EUH, JE...
MAIS NON, VOYONS !
FWISH
FWISH
JE N'AI FAIT QU'ACCOMPLIR MON DEVOIR DE MAGE !

MADEMOISELLE !
VOUS AVEZ REFOULÉ LA CALAMITÉ, C'EST INCROYABLE.
COMMENT VOUS REMERCIER ?
HEIN ?
EUH...
THEO COLLE BEAUCOUP TROP SILUCA !
ALLONS, RESTONS CALME.
EUH, JE... C'EST SIRE THEO QUE VOUS DEVRIEZ REMERCIER...
ILS L'ONT DÉJÀ BIEN ASSEZ FAIT.

OÙ SOMMES-NOUS ?
DANS UNE GRANGE À L'ÉCART DU VILLAGE.
TU ÉTAIS INCONSCIENTE, JE T'AI PORTÉE JUSQU'ICI.
JE SUIS NAVRÉE DE VOUS AVOIR DONNÉ TOUT CE TRAVAIL...
C'EST PLUTÔT À MOI DE DIRE ÇA.
FWIT...
GRÂCE À TOI, LA CALAMITÉ A ÉTÉ RÉPRIMÉE...
ET LES DÉGÂTS LIMITÉS.
AUCUNE VICTIME N'EST À DÉPLORER.
TU AS VRAIMENT ÉTÉ EXTRAORDINAIRE.
PAS DU TOUT...
D'AILLEURS...
JE NE SUIS PAS LE SEUL À VOULOIR TE REMERCIER.

VLOM
CUI
CUI
SILUCA...
SILUCA !
NGH...
SIRE... THEO ?
ENFIN, TU TE RÉVEILLES !

NGH...
SILU-CAAA !
FSHHH
J'AI... RÉUSSI...

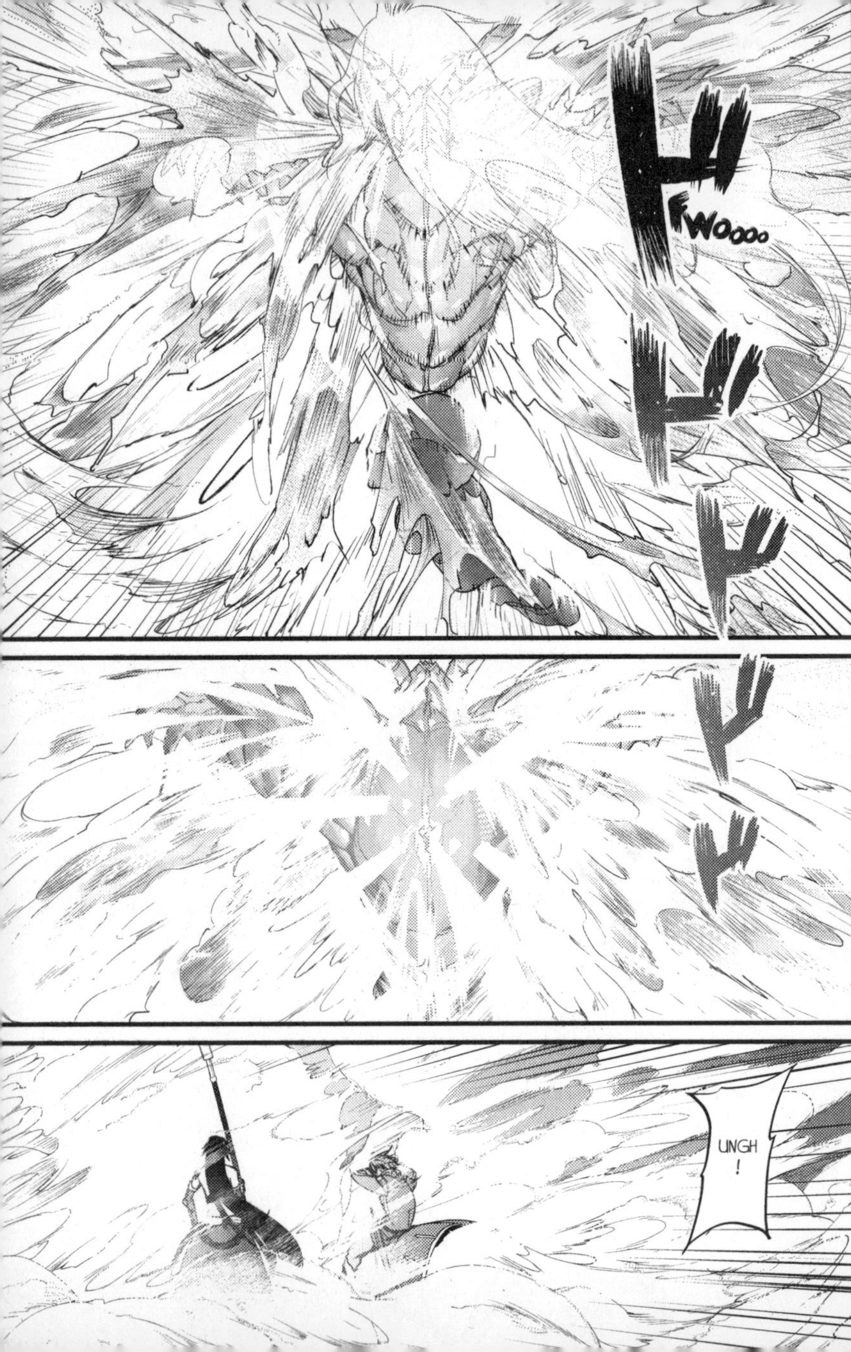

FWOOOO
UNGH
!

TU N'AS PLUS NULLE PART OÙ FUIR...
GWOOO
SPLAAASH
FSHHH

SPLASH
BWOOO
GWOOO
STUPÉ-FIANT...
L'EAU JAILLIT DU PUITS...

L'ONDE S'ÉCOULE DU HAUT VERS LE BAS.
MAIS PARFOIS, CETTE LOI PLOIE ET L'EAU, VERS LE CIEL SE DRESSE.
SSRT
SSRT
SSRT
SSRT
QU... QU'EST-CE QUE...
GWOOO
JE PROTÉGERAI CE VILLAGE COÛTE QUE COÛTE !
FWAP

SILUCA PEUT VAINCRE CE MONS-TRE.
MAIS...
TSAP
JE CROIS QUE TU N'AS PAS BIEN COMPRIS. ELLE N'EST PAS UNE MAGE ORDINAIRE, TOUTE EFFICACE QU'ELLE SOIT.
GWOOO
ELLE NOUS SURPASSE DE LOIN, TOI ET MOI.
C'EST UN PRODIGE.

CAR JE SUIS VOTRE MAGE, SIRE THEO.
AISHELA, TU VEUX BIEN SATURER L'AIR DE CHAOS ?
COMPTE SUR MOI !
SSRT !!
SSRT !!
SSRT !!
ARRÊTE DE TREMBLER POUR UN RIEN, SEIGNEUR POLTRON !

SILUCA, C'EST DE LA FOLIE !
TU ES DÉJÀ ÉPUISÉE DE LA BATAILLE...
ET TU VIENS EN PLUS DE LANCER DES SORTS DE SOIN !
JE M'EN CHARGE.
!
ET PUIS, QUE VEUX-TU FAIRE, SEULE, FACE À UN MONSTRE PAREIL ?
IL N'Y A QUE MOI QUI PUISSE LE TERRASSER.
ET VOTRE VŒU LE PLUS CHER N'EST-IL PAS QUE LE PEUPLE PUISSE VIVRE EN PAIX ?
EH BIEN, OUI, MAIS...
ALORS IL EST DE MON DEVOIR DE RÉALISER CE VŒU...

La salamandre du monde de l'Éther...
Qu'est-ce qu'on fait, Siluca ?
Je m'occupe de son cas ?
Impossible, les attaques physiques sont impuissantes face aux projections de l'Éther.
Comment va-t-on faire, alors ?
GNN !
Je déteste ces projections à la noix !!
Sire Theo, les villageois sont-ils tous en sécurité ?
Oui, il ne reste plus personne à part nous.
Très bien, dans ce cas...
GAOOO

BAOUM
C'ÉTAIT QUOI, CETTE EXPLOSION ?
!
TAP TAP
J'EN ÉTAIS SÛRE... C'EST BIEN UNE CALAMITÉ.
GWOOO
ET CELUI QUI L'A DÉCLENCHÉE...

J'AI RETIRÉ LES ÉCLATS DE CHARBON DE SON DOS...
ET UTILISÉ UN SORT POUR RÉGÉNÉRER LA PEAU BRÛLÉE.
IL LUI FAUDRA RESTER AU REPOS UN CERTAIN TEMPS, MAIS SES JOURS NE SONT PLUS EN DANGER.
MERCI INFINIMENT !
AAAH ! BRAVO, SILUCA ! T'ES TROP FORTE ! JE T'AIME !
GWIP
BWAF
A... AISHELA, TU M'ÉTOUFFES... JE NE PEUX PLUS RESPIRER...
KYAA
FWAP
FWAP
SILUCA...
MERCI.
JE VOUS EN PRIE.
UUGH
N'ESSAYE PAS D'ENJÔLER MA SILUCA.
CE N'ÉTAIT PAS MON INTENTION...

VOUS AVEZ SANS DOUTE RAISON.
FSH...
JE PENSE QUE C'EST GRÂCE À L'INFLUENCE DE SIRE THEO.
HÉ HÉ... NAVRÉ POUR LA REMARQUE DÉPLA-CÉE...
MAIS NON, VOYONS.
DORMEZ, MAINTE-NANT.
FWAAA
THEO ! OÙ EST SILUCA ?
TAP TAP
AISHELA ! MERCI D'ÊTRE VENUE.
LA MAGE S'OCCUPE DU PATRON À L'INTÉ-RIEUR.
MADE-MOI-SELLE !
FIOUU
CLAC

C'EST LE DEVOIR D'UN SEIGNEUR DE PROTÉGER SON PEUPLE.
JE PROMETS DE TOUS LES SAUVER...
MAIS JE TE CONFIE LE PATRON, SILUCA !
NGH...
TENEZ BON ENCORE QUELQUES INSTANTS...
JE PRÉPARE MON SORT DE SOMMEIL.
HÉ HÉ HÉ... VOUS AVEZ UN PEU CHANGÉ, MADEMOISELLE...
AH BON ?
AVANT, JE TROUVAIS QUE VOUS GARDIEZ TOUJOURS VOS DISTANCES AVEC NOUS...
HAA HAA

BROOOM
BROOOM
SBLAM
MON... MONSEIGNEUR !
DÉPÊCHEZ-VOUS D'ALLER AU CHÂTEAU !
MONSEIGNEUR, MERCI !
JE N'OUBLIERAI JAMAIS CE QUE VOUS AVEZ FAIT...
TAP TAP

PEUX-TU SOIGNER LE PATRON DE LA FORGE ?
BIEN SÛR !
FWOOOO
COUREZ TOUS VOUS METTRE À L'ABRI DANS L'ENCEINTE DU CHÂTEAU, VITE !
AAAAH
SUIVEZ LES GARDES !
WAAH

C'EST LE CHAOS QUI A CAUSÉ LE DÉPART DE FEU.
HEIN ?
J'AI DÉJÀ ASSISTÉ AU MÊME GENRE DE CATAS-TROPHE À SISTINA.
IL FAUT FAIRE ÉVACUER LES VILLAGEOIS AU CHÂTEAU.
L'INCENDIE VA S'INTEN-SIFIER.
IRVIN, VA CHERCHER NOS GARDES, QU'ILS ESCORTENT LES GENS.
ET DEMANDE À AISHELA DE VENIR EN RENFORT.
À VOS ORDRES, SIRE.
SILU-CA.
O... OUI, SIRE !
JE M'OCCUPE D'EMMENER LES VILLA-GEOIS EN SÉCURI-TÉ.
TU DOIS ÊTRE ÉPUISÉE PAR CETTE JOURNÉE DE COMBATS, MAIS...

NGH... BON SANG...
QUELLES TERRIBLES BRÛLURES...
COMMENT EST-CE ARRIVÉ ?
ON TRAVAILLAIT COMME D'HABITUDE, QUAND LE BRASIER A BRUSQUEMENT EXPLOSÉ !
POURTANT, ÇA NE DEVRAIT PAS ÊTRE POSSIBLE DANS NOTRE FORGE !
!
UNE EXPLOSION ANORMALE...
ET CET AIR MALSAIN QUI SATURE LE VILLAGE...
CE SERAIT...

FWOOOO
NOOON
NOTRE MAISON !
AAAAH
MAMAN !
SIRE THEO !
LE PATRON DE LA FORGE EST GRAVEMENT BLESSÉ !
PATRON !
ÇA VA ALLER ?
MALHEUR...
RECORD OF GRANCREST WAR
Chapitre 12

RECORD OF GRANCREST WAR

RECORD OF GRANCREST WAR

BAM
SIRE THEO ! MADEMOISELLE SILUCA !
IL Y A URGENCE !
IRVIN ?
PARDONNEZ MON IRRUPTION, MAIS...
UN INCENDIE A ÉCLATÉ À LA FORGE DU VILLAGE.
IL Y A DÉJÀ PLUSIEURS BLESSÉS !

EUH...
JE ME SUIS UN PEU EMBALLÉ TOUT SEUL, PEUT-ÊTRE...
N... NON...
JE VOUS REMERCIE DE VOS PAROLES...

LORSQUE TU M'AS PROPOSÉ LE PATRONYME DE CORNARO...
MON SANG N'A FAIT QU'UN TOUR.
SI JE N'AVAIS PAS SCELLÉ DE PACTE AVEC TOI, LA LIBÉRATION DE SISTINA NE SERAIT QU'UN RÊVE LOINTAIN.
JE N'AI JAMAIS REGRETTÉ UN SEUL INSTANT...
D'AVOIR FAIT DE TOI MA MAGE !

AFIN QUE VOUS N'AYEZ JAMAIS À REGRETTER UNE DÉCISION...
JE VOUS CONSULTERAI DÉSORMAIS À CHAQUE FOIS QU'IL CONVIENDRA D'EN PRENDRE UNE.
...
EUH... JE NE SUIS PAS SÛR D'ÊTRE LA BONNE PERSONNE POUR ÇA, TU SAIS.
JE SAIS TOUT JUSTE LIRE ET ÉCRIRE, APRÈS TOUT.
MAIS SI. JE VOUS INVITE À ME FAIRE PART SANS AMBAGES DE VOTRE RESSENTI.
VOTRE INTUITION EST BIEN PLUS FINE QUE VOUS NE LE PENSEZ.
FSH
EH BIEN, JE SUIS RAVI QUE MON AVIS T'IMPORTE.
PAR CONTRE, TU TE TROMPES SUR UNE CHOSE...

AVANT NOTRE RENCONTRE...
JE PENSAIS QU'UN HOMME COMME VOUS NE POUVAIT EXISTER QU'EN SONGE.
MAIS JE ME TROMPAIS.
SIRE THEO...
JE TENAIS À M'EXCUSER HUMBLEMENT DE VOUS AVOIR FORCÉ À SCELLER NOTRE PACTE...
ET DE VOUS AVOIR MENÉ À LA BAGUETTE TOUT CE TEMPS.
LE MAGE N'EST SUPPOSÉ ÊTRE QUE LE CONSEILLER DE SON SEIGNEUR.

JE... J'AI JUSTE AGI SANS RÉFLÉCHIR, TU SAIS.
JE NE SUIS PAS BON À GRAND-CHOSE D'AUTRE, ALORS BON...
IL EST VRAI QUE VOUS N'ÊTES D'AUCUNE AIDE...
SUR LE PLAN DIPLOMATIQUE OU STRATÉGIQUE.
URGH
ドスッ
TCHAC
VOUS NE BRILLEZ PAS FRANCHEMENT PAR VOTRE SAGACITÉ...
NI PAR VOS TALENTS DE BRETTEUR OU VOTRE CONSTITUTION PHYSIQUE.
ARGH
グサッ
TCHOC
JE... JE SAIS BIEN, MERCI...
CEPENDANT...
JE CONTINUE À PENSER QUE VOUS ÊTES L'HOMME LE PLUS DIGNE DU TITRE DE SEIGNEUR.

EUH, SIRE ?
VOUS ME SUIVEZ TOUJOURS ?
AH ! EUH, OUI...
FIOUU
J'ÉTAIS SIMPLEMENT EN TRAIN DE ME DIRE QUE TU ÉTAIS VRAIMENT UNE MAGE EXTRAORDINAIRE.
J'AI EU LA CHANCE DE RECEVOIR MON ÉDUCATION D'UN ÉTABLISSEMENT PRESTIGIEUX, VOILÀ TOUT...
ET CELA NE M'EMPÊCHE NULLEMENT DE FAIRE DE GROSSIÈRES ERREURS DE JUGEMENT.
GWIII
SI VOUS N'ÉTIEZ PAS VENU À MON SECOURS LORS DE LA BATAILLE CONTRE LASSIC...
J'Y AURAIS LAISSÉ LA VIE.

MAÎTRE SATURNUS VIENT TOUT JUSTE DE REVENIR DE CLOVIS.
SES NÉGOCIATIONS AVEC LE GOUVERNEUR ONT ÉTÉ COURONNÉES DE SUCCÈS.
IL RECONNAÎTRA NOTRE INDÉPENDANCE TANT QUE NOUS NE CHERCHERONS PAS À AGRANDIR NOTRE TERRITOIRE.
CE QUI VEUT DONC DIRE QUE...
IL NE NOUS RESTE PLUS QU'À CONCLURE L'ENTENTE AVEC LE GOUVERNEUR DE SIEVIS.
MAIS MORENO A DIT QUE CE SERAIT LOIN D'ÊTRE SIMPLE...
ET NOTRE RALLIEMENT À L'ALLIANCE, A-T-IL UNE CHANCE D'ÊTRE ACCEPTÉ ?
FSH...
BROOM
BIEN SÛR.
JE CONNAIS LA DIRIGEANTE DE L'ALLIANCE, DAME MARRINE KREISCHE, DEPUIS LE TRAGIQUE ÉCHEC DE SON MARIAGE.
ET LE GRAND MAGE DE LA MAISON KREISCHE N'EST AUTRE QUE MON PÈRE ADOPTIF...
AUBEST MELETES.

J'AI EU DROIT À UN CADEAU !
TOC
TOC
FWOP
C'EST SILUCA, SIRE. AURIEZ-VOUS UN MOMENT À M'ACCORDER ?
CLAC
QU'Y A-T-IL ? UNE URGENCE ?
AVEC CE CHAPEAU, ON DIRAIT VRAIMENT UN PAYSAN…
?
C'EST AU SUJET DE NOTRE STRATÉGIE…
AH, OUI. ENTRE DONC.
JE VOUS REMERCIE.

FAIS CE QUI TE SEMBLE JUSTE, SILUCA.
JE SERAI LÀ POUR ME BATTRE À TES CÔTÉS.
MERCI...
SILUCA, PUIS-JE VOUS PARLER ?
FSH
MAÎTRE SATUR-NUS !

PEUT-ÊTRE...
JE SUIS CONFUSE, MONSEIGNEUR. MERCI INFINIMENT POUR VOTRE AIDE.
JE VOUS EN PRIE, JE SUIS RAVI D'AVOIR PU VOUS ÊTRE UTILE.
VOUS POUVEZ GARDER LE CHAPEAU !
AU REVOIR !
À BIENTÔT !
MAIS...
POUR MOI, SIRE THEO A LA CAPACITÉ DE DISCERNER CE QUI EST JUSTE.
MERCI !
JE DEVRAIS SANS DOUTE DISCUTER AVEC LUI PLUS SOUVENT.
J'ENTENDS D'ICI LE SER-MON QUE ME FERAIT PÈRE S'IL ÉTAIT LÀ...

MAIS MORENO A MIS EN ÉVIDENCE TOUTES MES LACUNES.
IL M'A BIEN FAIT COMPRENDRE QU'UNE VRAIE BATAILLE NE SE GAGNAIT PAS AVEC UNE STRATÉGIE THÉORIQUE.
ÇA Y EST, TU T'APERÇOIS ENFIN QUE TON PLAN EST TRUFFÉ DE FAILLES ?
SI CE SONT À TES ORDRES QU'ILS OBÉISSENT, L'AFFAIRE SERA VITE RÉGLÉE.
JE VAIS DÉMOLIR CET ABRUTI ET SON REGARD TORVE.
RESTE LÀ.
COMMENT A-T-IL PU OSER BLESSER MA SILUCA ?
FLOTCH
FLOTCH
ET IL N'Y A PAS QUE ÇA...
J'AI AUSSI ENTRAÎNÉ SIRE THEO DANS CE CHAOS CONTRE SA VOLONTÉ...
ET MALGRÉ TOUT, IL S'EST QUAND MÊME PRÉCIPITÉ À MON SECOURS.
JE NE VOIS VRAIMENT PAS CE QUE TU LUI TROUVES, À CE GRINGALET.
IL SAIT À PEINE SE BATTRE ET IL N'A MÊME PAS UNE BELLE GUEULE POUR COMPENSER.
BOM

BLUUUSH
DISONS QUE...
JE NE PENSAIS PAS ÊTRE AUSSI INCOMPÉTENTE ET M'EN SORTIR SI MAL...
CRAC
CRIC
À L'ACADÉMIE, JE MAÎTRISAIS TOUS LES SUJETS...
ET MÊME SI JE PARTAIS À CONTRE-CŒUR, J'AVAIS BIEN L'INTENTION D'ASSUMER MON RÔLE DE MAGE À LA PERFECTION.

ET DONC...
QU'EST-CE QUI TE DÉMORALISE COMME ÇA, AU JUSTE ?
HEIN ?
TU PENSAIS QUE JE NE M'EN APERCEVRAIS PAS ?
ALORS QU'ON SE CONNAÎT DEPUIS SI LONGTEMPS ?
...
QUAND L'AS-TU REMARQUÉ ?
APRÈS LA BATAILLE CONTRE LASSIC.

MAIS POUR TOI, JE VEUX BIEN FAIRE UNE EXCEPTION !
VAS-Y, FAIS-TOI PLAISIR, TRIPOTE-LES AUTANT QUE TU VEUX ! ♡
NON MERCI !
VAF
FLOTCH
AAAH, JE REVIS !
TU VOIS ?
ÇA FAIT DU BIEN, HEIN ?
OUI, C'EST VRAI...

HM ?
LE SCEAU EST BEAUCOUP PLUS ÉTENDU QU'AVANT...
OUH, LA VILAINE PETITE VOYEUSE ! ♡
HEIN ?!

ON SE DÉSAPE ! PLUS VITE QUE ÇA !
LA NUDITÉ PARTAGÉE, C'EST LE CIMENT DE L'AMITIÉ !
KYAHA ! ♥
GNIP
GNIP
HÉ ! MAIS ARRÊTE DE TIRER SUR MES HABITS !
LAISSE-MOI ME DÉSHABILLER SEULE ET J'ARRIVE !
VOILÀ, TU ES CONTENTE, MAINTENANT ?

POURQUOI TU TIENS À CE POINT À PRENDRE UN BAIN, AU FAIT ?
ON N'A PAS TROP LE TEMPS DE SE LA COULER DOUCE, TU SAIS.
CE N'EST PAS UNE RAISON !
MENER UNE VIE EFFRÉNÉE COMME ÇA, C'EST MAUVAIS POUR LE TEINT !
ET POUR LE DÉVELOPPEMENT DE LA POITRINE AUSSI, D'AILLEURS !
GH...
ALLEZ !
FWAAAA
EUH, OUI ? "ALLEZ", QUOI ?

SI VOUS VOULEZ, SIRE...
MAIS NOUS REVENONS D'UNE BATAILLE, ALORS TÂCHEZ DE VOUS MÉNAGER.
D'ACCORD, JE FERAI ATTENTION.
AAAAAAH
FWIP
FWIP
BON, J'AI ASSEZ ATTENDU !
J'AI L'IMPRESSION QUE...
C'EST PLUTÔT TOI QUI AS BESOIN DE REPOS, SILUCA...

MAIS DIFFICILE DE TE PRENDRE AU SÉRIEUX DANS CETTE POSITION...
FLAP
FLAP
JE... J'Y PEUX RIEN !
AISHELA NE VEUT PAS ME LAISSER DESCENDRE !
ALLEZ, SILUCA, DIRECTION LES BAINS !
D'ACCORD, JE VIENS, MAIS REPOSE-MOI !
JE VAIS ACCOMPAGNER MORENO VOIR LE GOUVERNEUR.
JE COMPTE SUR VOTRE FORCE DE PERSUASION À TOUS LES DEUX !
ENTENDU !
SILUCA...
JE VAIS FAIRE UN TOUR AU VILLAGE, D'ACCORD ?

LE GOUVERNEUR EST RÉPUTÉ POUR SON TEMPÉRAMENT SANGUIN...
ET IL BRIGUE LA SOUVERAINETÉ DE TOUS LES TERRITOIRES DE LA RÉGION.
IL SERA PEU ENCLIN À NOUS ACCORDER L'INDÉPENDANCE...
TU DEVRAIS POUVOIR ABOUTIR À UN COMPROMIS EN INSISTANT SUR LES DEUX POINTS SUIVANTS...
NOUS N'AVONS FAIT QUE NOUS DÉFENDRE FACE AUX ATTAQUES DE MEST ET DES AUTRES SEIGNEURS...
ET NOUS N'AVONS AUCUNE INTENTION DE NOUS ÉLEVER CONTRE SIEVIS OU L'ALLIANCE.
FAIRE LE BEAU PARLEUR, C'EST TA SPÉCIALITÉ, NON ?
POUR SÉDUIRE LES FEMMES, PAS POUR RAISONNER DES SEIGNEURS.
CHANGE DE TON, PETITE EFFRONTÉE.
ENFIN, C'EST CE QUE J'AURAIS DIT D'ORDINAIRE...

QUE J'AILLE NÉGOCIER L'ENTENTE AVEC LE GOUVER-NEUR DE SIEVIS ?
TU ES LE PLUS À MÊME D'Y PARVENIR. TU ES D'ICI ET TU LE CONNAIS DÉJÀ.
SI SEULE-MENT C'ÉTAIT AUSSI SIMPLE...

RECORD OF GRANCREST WAR
Chapitre 11

RECORD OF GRANCREST WAR

RECORD OF GRANCREST WAR

IL NOUS RÉSERVE PEUT-ÊTRE BIEN PLUS DE SURPRISES QU'ON NE L'IMAGINE.
OUI...
C'EST CE QUE J'EN SUIS VENUE À PENSER.
SILUCA ! BAH ALORS, POURQUOI TU FAIS CETTE TÊTE ?
GWIP
KYA ! AISHE-LA !
QUELLE TÊTE ? DE QUOI TU PARLES ?
OUBLIE, ON S'EN FICHE, IL Y A PLUS IMPORTANT...
C'EST L'HEURE D'ALLER PRENDRE UN BON BAIN !
HEIN ?
ALLEZ, À L'EAU !

J'AI RENCONTRÉ TOUTES SORTES DE SEIGNEURS EN ACCOMPAGNANT MON PÈRE DE SON VIVANT...
MAIS AUCUN QUI RESSEMBLE DE PRÈS OU DE LOIN À THEO.

J'IMAGINE QUE VOUS DEVEZ ÊTRE SURPRIS, SIRE LASSIC.
MAIS VOUS AVEZ SOUS LES YEUX SIRE THEO AU NATUREL.
FSH
J'AI PARLÉ TROP VITE. C'EST LÀ, UN DÉVELOPPE-MENT...
AUQUEL JE M'ATTENDAIS ENCORE MOINS.
D'OR-DINAIRE, LE PEUPLE CRAINT ET S'INCLINE FACE À SON SUZERAIN.

GRÂCE À VOUS, MONSEIGNEUR, NOTRE VIE EST DEVENUE SI AGRÉABLE !
MERCI INFINIMENT DE TOUT CE QUE VOUS FAITES POUR NOUS !
REPASSEZ ME VOIR À LA FORGE !
MES ARBRES AURONT BIENTÔT BESOIN D'UNE BONNE TAILLE...
HOP-LÀ...
STAP
NE ME REMERCIEZ PAS, JE N'AI FAIT QUE MON DEVOIR DE SEIGNEUR.
HÉ, M'SIEUR, ON REFERA LA CHASSE AUX INSECTES ?
QUAND TU VOUDRAS !
BLA
BLA
BLA
BLA
...
REGARDEZ ÇA, LASSIC, ILS NOUS GÂTENT !
EUH... OUI...
VLOF
BLA
BLA
...

VOUS VOILÀ DE RETOUR !
TAP TAP
TIENS ?
QUE FAITES-VOUS TOUS ICI ?
NOUS AVONS ENTENDU DIRE QUE VOUS REVENIEZ AUJOURD'HUI...
TAP TAP
ET NOUS VOULIONS À NOUVEAU VOUS TÉMOIGNER NOTRE RECONNAISSANCE.

PAR CONSÉQUENT, SIRE LASSIC, VOUS VOIR CONQUÉRIR LE TITRE DE GOUVERNEUR AVANT MÊME QUE L'ON PARTE S'ATTAQUER À ROSSINI...
NE ME SEMBLE NULLEMENT INENVISAGEABLE.
J'AIMERAIS ÉVITER DE GUERROYER EN PERMANENCE, CELA DIT...
HMM...
TÂCHONS DONC DE CONCRÉTISER CE PRONOSTIC.
VOUS SAVEZ, SIRE THEO, UN SEIGNEUR SE DOIT D'AVOIR DE L'AMBITION ET...
MONSEIGNEUR THEO !
!
TAP
TAP
TAP

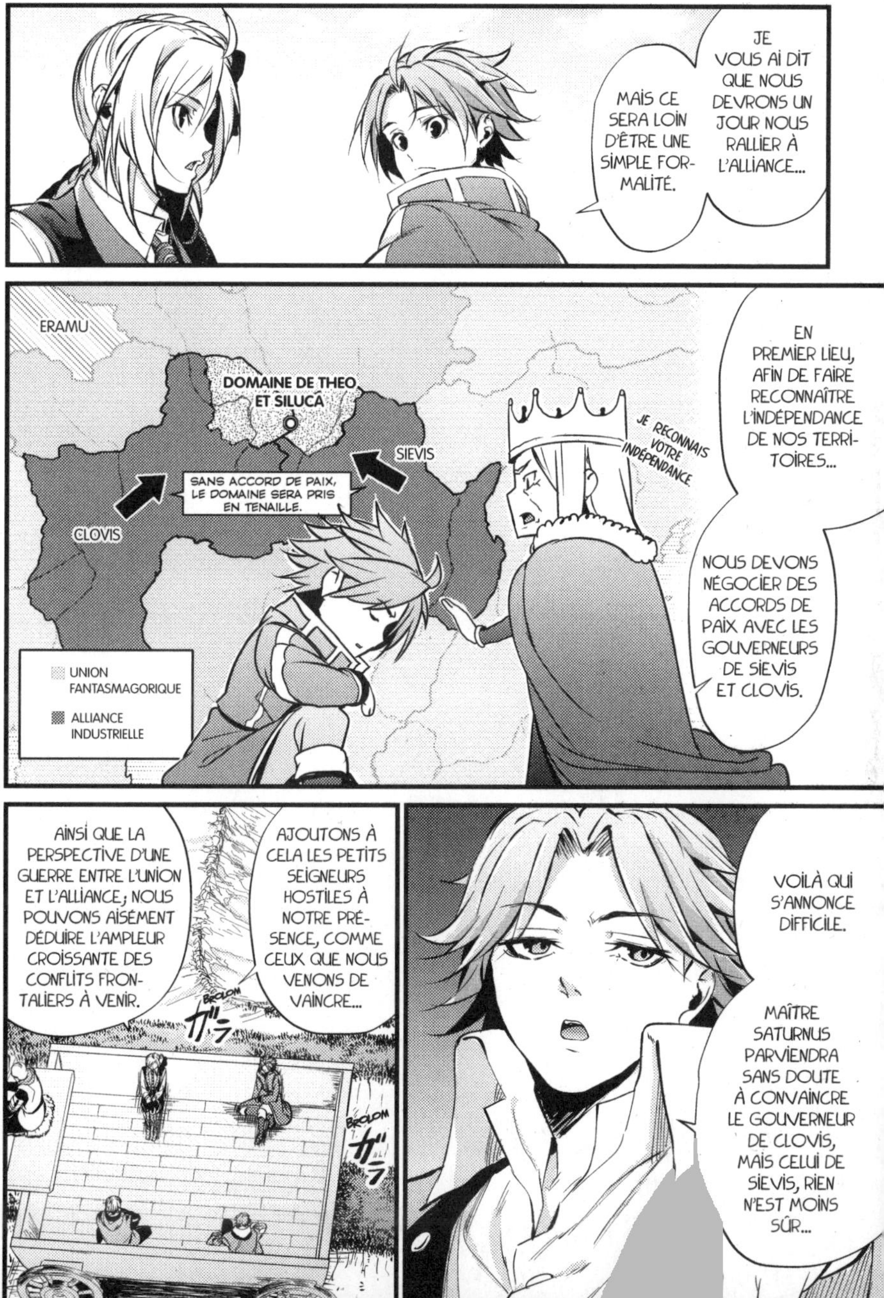
JE VOUS AI DIT QUE NOUS DEVRONS UN JOUR NOUS RALLIER À L'ALLIANCE...
MAIS CE SERA LOIN D'ÊTRE UNE SIMPLE FORMALITÉ.
EN PREMIER LIEU, AFIN DE FAIRE RECONNAÎTRE L'INDÉPENDANCE DE NOS TERRITOIRES...
JE RECONNAIS VOTRE INDÉPENDANCE
NOUS DEVONS NÉGOCIER DES ACCORDS DE PAIX AVEC LES GOUVERNEURS DE SIEVIS ET CLOVIS.
ERAMU
DOMAINE DE THEO ET SILUCA
SIEVIS
SANS ACCORD DE PAIX, LE DOMAINE SERA PRIS EN TENAILLE.
CLOVIS
UNION FANTASMAGORIQUE
ALLIANCE INDUSTRIELLE
VOILÀ QUI S'ANNONCE DIFFICILE.
MAÎTRE SATURNUS PARVIENDRA SANS DOUTE À CONVAINCRE LE GOUVERNEUR DE CLOVIS, MAIS CELUI DE SIEVIS, RIEN N'EST MOINS SÛR...
AJOUTONS À CELA LES PETITS SEIGNEURS HOSTILES À NOTRE PRÉSENCE, COMME CEUX QUE NOUS VENONS DE VAINCRE...
AINSI QUE LA PERSPECTIVE D'UNE GUERRE ENTRE L'UNION ET L'ALLIANCE, NOUS POUVONS AISÉMENT DÉDUIRE L'AMPLEUR CROISSANTE DES CONFLITS FRONTALIERS À VENIR.
BROLOM
ガラ
BROLOM
ガラ

NOUS SERONS BIENTÔT AU CHÂTEAU.
AH, EUH, TRÈS BIEN...
BROLOM
BROLOM
BROLOM
?
QUE COMPTEZ-VOUS FAIRE, SIRE LASSIC ?
VOTRE AMBITION SEMBLE BIEN HORS D'ATTEINTE, DEPUIS VOTRE ALLÉGEANCE.
KRIIK
KRAK
JE DOIS AVOUER QUE JE NE M'ATTENDAIS PAS À CE DÉVELOPPEMENT...
ME VOILÀ DANS UNE IMPASSE.
QUE FAIRE, QUE FAIRE ?
...
RÉFLÉCHISSEZ SÉRIEUSEMENT !
SI JE PUIS ME PERMETTRE, SIRE LASSIC...
J'AI BIEN CONSCIENCE QUE L'OBJECTIF DE SIRE THEO NE COMBLE PAS VRAIMENT VOS ATTENTES.
MAIS JE NE PENSE PAS QUE VOTRE AMBITION SOIT À CE POINT INACCESSIBLE.
BROLOM
...

SIRE THEO ?
SIRE THEO !
BROLOM
ガララ
AH, EXCUSE-MOI... TU DISAIS ?
BROLOM
ガラ
BROLOM
ガラ

LE JOUR OÙ NOUS AVONS SCELLÉ NOTRE PACTE, VOUS AVEZ FERMEMENT DÉCLARÉ...
QUE VOUS RENVERSERIEZ ROSSINI, MÊME SI CELA VOUS PRENAIT DES ANNÉES.
ÊTES-VOUS TOUJOURS RÉSOLU À LE DÉFIER ?
GWOOO
VOUS ÊTES SÛR QUE C'EST UNE BONNE IDÉE...
D'ÉCOUTER LES CONSEILS DE CETTE SORCIÈRE, SIRE THEO ?
OUI...
ELLE A RAISON, MORE-NO...

CE NOM NE PEUT VOUS ÊTRE INCONNU.
C'EST CELUI DU HÉROS QUI S'EST AUTREFOIS EFFORCÉ DE PURGER SISTINA DU CHAOS, MAIS QUI A SUCCOMBÉ AVANT D'Y PARVENIR...
JUDE CORNARO.
GRIP
TU VEUX QUE J'USURPE LE NOM DU HÉROS DE SISTINA ?
VOUS ARROGER CE PATRONYME SERA PERÇU COMME UN AFFRONT PAR ROSSINI, QUI S'EST EMPARÉ DU POUVOIR EN TRAHISSANT JUDE.
ALLONS BON...
ALORS POURQUOI CHOISIR JUSTEMENT CELUI-LÀ ?

OU ALORS VOUS EN AVEZ DÉJÀ UN ?
COMMENT UN VULGAIRE VAGABOND POURRAIT-IL PRÉTENDRE À UN PATRO-NYME ?
TU SAIS BIEN QUE JE N'EN AI PAS.
C'EST EFFECTIVEMENT CE QUE JE PEN-SAIS. JE VOUS EN AI DONC CHOISI UN.
PAF
TU AS DÉJÀ TOUT DÉCIDÉ, EN FAIT ?!
COR-NARO.
!

EH BEN, C'EST DU JOLI !
FORCER UN SEIGNEUR À SCELLER UN PACTE...
PRENDRE DES DÉCISIONS STRATÉGIQUES SANS MÊME LE CONSULTER...
CE N'EST PAS UNE MAGE QU'ON A LÀ, C'EST UNE VRAIE SORCIÈRE !
UN MOT DE PLUS ET JE TE RÉARRANGE LE PORTRAIT...
MON CHER MORENO.
OH NON, JE DÉFAILLE DE TERREUR !
PASSONS.
VOUS DÉTENEZ À PRÉSENT LE TITRE DE BARON, SIRE THEO.
IL EST TEMPS DE VOUS DOTER D'UN NOM DE MAISON.
UN NOM ?

C'EST UNE QUÊTE TRÈS HONORABLE, MAIS...
JE VOUS RAPPELLE QUE SISTINA FAIT PARTIE DE L'UNION.
SI VOUS ME PERMETTEZ CETTE REMARQUE...
MAIS OUI, C'EST VRAI, ÇA !
AINSI, NOUS, QUI EN SOMMES ÉGALEMENT MEMBRES, NE POUVONS PAS LUI DÉCLARER LA GUERRE.
EN EFFET.
C'EST POURQUOI NOUS DEVRONS RÉTRACTER NOTRE ALLÉGEANCE À L'UNION...
?!
VOUS N'Y AVIEZ PAS RÉFLÉCHI ?
ET UNE FOIS QUE NOUS AURONS REJOINT L'ALLIANCE, NOUS IRONS ALORS TERRASSER LE VICOMTE.
...
J'IGNORAIS TOUT DE CE PLAN, SILUCA...
JE M'EN EXCUSE, SIRE. JE COMPTAIS VOUS EN FAIRE PART UNE FOIS L'OBJECTIF DEVENU PLUS RÉALISABLE.
DANS UN FUTUR PROCHE, DIRONS-NOUS...

QUELQUES JOURS PLUS TÔT...
LA LIBÉRATION DE SISTINA ?
OUI.
SIRE THEO EST ORIGINAIRE DE CETTE ÎLE TRISTEMENT CÉLÈBRE...
SES TERRES SONT SANS CESSE RAVAGÉES PAR DES CALAMITÉS...
SON GOUVERNEUR, LE VICOMTE ROSSINI, EST BIEN PLUS OCCUPÉ À TYRANNISER SES SUJETS...
QU'À ESSAYER DE RÉPRIMER LE CHAOS.
L'OBJECTIF DE SIRE THEO EST DE RENVERSER ROSSINI ET DE LIBÉRER LE PEUPLE.

IL ME SEMBLE VOUS AVOIR EXPOSÉ L'OBJECTIF DE NOTRE SUZERAIN EN DÉTAIL L'AUTRE JOUR, SIRE LASSIC…
HA HA HA HA ! MAIS JE PLAISAN-TAIS, VOYONS !
EN TANT QUE VASSAL, JE N'AI D'AUTRE BUT QUE D'ACCOM-PLIR LA VOLON-TÉ DE MON SEIGNEUR.
VOUS LE SAVEZ BIEN, THEO, NON ?
OU DEVRAIS-JE DIRE…
MONSIEUR LE BARON, THEO CORNARO.

BON, PLUS SÉRIEU-SEMENT !
VLOM
NOUS AVONS DÉSORMAIS SUFFISAMMENT DE TROUPES SOUS NOTRE CONTRÔLE...
POUR PARTIR À LA CONQUÊTE DE TOUS LES DOMAINES VOISINS !
VOUS AUREZ ALORS TÔT FAIT DE VOUS ÉLEVER AU RANG DE VICOMTE, PUIS DE COMTE, THEO.
QUANT À MOI, JE VERRAI ENFIN MON AMBITION ASSOUVIE.
BROLOM
BROLOM
...
MAIS JE N'AI PAS VRAI-MENT ENVIE D'AGRANDIR MON TERRI-TOIRE PLUS QUE DE RAISON...

EN FAIT, JE SUIS UN BIEN MEILLEUR BRETTEUR QUE SIRE THEO.
HUMPF
ZUUM
ET MOI DONC, ALORS !
IL EST VRAI QU'ON PEUT DIFFICILEMENT FAIRE L'ÉLOGE DE SES TALENTS DE DUELLISTE...
J'AI COMPRIS, JE SUIS UN PIÈTRE COMBATTANT, MERCI...
UUH
CELA DIT, VOUS MAÎTRISEZ BIEN LE BOUCLIER DÉSORMAIS. C'EST GRÂCE À CELA...
QUE VOUS AVEZ PU INFLIGER UNE BELLE DÉCULOTTÉE À MORENO.
TU SAIS TOUJOURS TROUVER LES MOTS QUI BLESSENT, TOI...
OH, J'IGNORAIS ÇA ! THEO, ACCORDEZ-MOI UN DUEL !
PITIÉ, LASSIC, MÉNAGEZ-MOI UN PEU...
PFFF... BON, UN AUTRE JOUR, ALORS !
VOUS INSISTEZ MALGRÉ TOUT ?!
TU AS ÉTÉ MERVEILLEUX AUJOURD'HUI ENCORE, PETR ! ♥
LÂ... LÂCHEZ-MOI...
JAMAIS ! ♥
LES CÂLINS, C'EST LA MARQUE DES AMIS ! ♥
GWIII

SI ÉCRASANTE QUE C'EN EST DÉCONCERTANT.
BROLOM ガラ
JE SAIS QUE NOUS N'AVIONS AFFAIRE QU'À DU MENU FRETIN, APPÂTÉ PAR LA NOUVELLE DE LA DÉFAITE DE SIRE LASSIC ET LA PERSPECTIVE DE NOUVEAUX TERRITOIRES...
MAIS TRIOMPHER SI FACILEMENT DE QUATRE SEIGNEURS, C'EST EFFARANT.
SEUL SUZERAIN À AVOIR ACCEPTÉ DE CAPITULER.
NEEMAN MODELEY.
D'AILLEURS, J'AI VU EN VOUS OBSERVANT COMBATTRE, THEO...
QUE L'ESCRIME N'A PAS L'AIR D'ÊTRE VOTRE FORT, NON ?
PAS VRAIMENT. ET POURTANT, J'AI IRVIN COMME MAÎTRE D'ARMES...
BROLOM ガラ
LE CHAMBELLAN, HEIN ?
QUAND JE PENSE QU'ON L'AVAIT PRESQUE POUSSÉ DANS SES RETRANCHEMENTS, GRACQ ET MOI...
QUEL GÂCHIS...
J'ESPÈRE AVOIR UN JOUR UNE AUTRE OCCASION DE ME MESURER À LUI !
FWISH
IRVIN EST ASSIGNÉ À LA GARDE DU CHÂTEAU EN L'ABSENCE DE SON MAÎTRE.

BROLOM
BROLOM
BROLOM
BROLOM
BROLOM
ガラ
ガラ
BROLOM
ガラ
BWA HA HA HA !
QUELLE BELLE VICTOIRE !

B... BON SANG...
ON N'A PAS SIGNÉ POUR ÇA !
POURQUOI PERSONNE NOUS A PRÉVENUS...
QUE LASSIC ET LE VAGABOND ÉTAIENT SI FORTS ?!
BAÔUM

ALLEZ, UN DERNIER EFFORT ! EN AVANT !
WOOOOOOH
OOOOH
CAPITAINE GRACQ, LÈVE TON ÉPAULE.
TAP
TAP
HM.
FWIP
FWOSH

ANCIEN TERRITOIRE DE LASSIC (DÉSORMAIS SOUS LE CONTRÔLE DE THEO).
GNN
WOOOOOH
TCHOC
SHROK
HRGH...
GAH !
TCHAK

Chapitre 10

Record of Grancrest War

RECORD OF GRANCREST WAR

FWOSH
...
IL EST DEVENU IMMENSE...

VOUS SEMBLEZ AVOIR MIS LA MAIN SUR UN MAGE REMARQUA-BLE, VOUS AUSSI.
JE SAIS DE QUOI EST FAIT LE BRAS DROIT QUE J'AI CHOISI.
BIEN, PROCÉ-DONS AU RITUEL.
ス… FWIP
MOI, THEO, JE REÇOIS VOTRE CREST ET L'INTÈGRE AU MIEN.
MOI, LASSIC DAVID, DÉCLARE OFFRIR ET SOUMETTRE MON CREST AU VÔTRE.
FWAAAA

JE NE PEUX PAS TE PERDRE EN COURS DE ROUTE.
...
FAITES COMME IL VOUS PLAIRA !
MES EXCUSES POUR CETTE INTERRUP-TION, MESSIRE.
NON, NON...
VOUS LE LAISSEZ PARTIR COMME ÇA ?
HA HA, PAS D'IN-QUIÉTUDE À AVOIR...

TU SAIS QUE MON BUT N'EST PAS DE DEVENIR EMPEREUR.
JE N'EN AI JAMAIS EU L'ÉTOFFE.
QUAND BIEN MÊME !
POUR-QUOI CAPITULER À CAUSE DE MA CAPTURE ?!
SI VOUS AVIEZ POUR-SUIVI LE COMBAT...
FSH
JE TE L'AI DIT, SOU-VIENS-TOI...
C'EST ENSEMBLE QUE NOUS NOUS HISSE-RONS AUX SOMMETS.

FAIRE ALLÉGEANCE...
VOUS ABANDONNEZ VOTRE AMBITION ? VOUS NE VISEZ PAS PLUS HAUT QU'UN TITRE DE PETIT VASSAL INSIGNIFIANT ?!
BIEN AU CONTRAIRE...
EN REJOIGNANT L'ARMÉE DE THEO, AUCUN DES FIEFS VOISINS NE POURRA NOUS RÉSISTER.
À BIEN Y RÉFLÉCHIR, C'EST UN CHEMIN DE TRAVERSE QUI NE RENDRA L'ASCENSION QUE PLUS RAPIDE.

SILUCA ?
VOUS POUVEZ ACCEPTER, JE N'Y VOIS PAS D'OBJECTION.
C'ÉTAIT MÊME PRÉCISÉMENT LE DÉNOUEMENT QUE J'ESPÉRAIS.
QU'EST-CE QUI VOUS PREND, SIRE ?

SI VOUS Y CONSENTEZ, J'AIMERAIS VOUS PRÊTER ALLÉGEANCE.
?!

SIRE LASSIC VA CÉDER SON CREST ET SES TERRES AU VAINQUEUR.
COMME LE VEUT LA RÈGLE...
FSH
KRRR
JE FERAI EN SORTE QU'IL OBTIENNE UN NOUVEAU CREST...
PEU IMPORTE LE TEMPS QUE ÇA PRENDRA...
MAIS NOTRE PÉRIPLE NE S'ACHÈVE PAS ICI POUR AUTANT, JE LE JURE.
ET NOUS REPRENDRONS ENSEMBLE NOTRE QUÊTE DE GRANDEUR !
SIRE THEO...
JE NE SUIS CERTES PAS EN POSITION DE DEMANDER DES FAVEURS, MAIS...

NON... JE NE PEUX Y CROIRE...
ALORS C'EST LUI...

FUUUH
PLAF
KLANG
KLANG
KLANG
TCHAC
TCHAC
KLING
TCHOC

KLANG
KLANG
FWOOM
RENDEZ LES ARMES !

SIRE LASSIC…
JE SAIS QUE JE N'AI AUCUNE VALEUR EN TANT QU'OTAGE.
VOUS POUVEZ ENCORE REMPORTER CETTE BATAILLE.
PETR ET LE CAPITAINE GRACQ SONT TOUJOURS PRÊTS À EN DÉCOUDRE.
POURSUIVEZ LE COMBAT…
VOUS N'ÊTES PAS HOMME À VOUS LAISSER ARRÊTER ICI !

JE SUIS LE SEIGNEUR DE CES TERRES, THEO !
JE VOUS ENJOINS DE DÉPOSER LES ARMES SUR-LE-CHAMP !
MORENO !

SIRE LASSIC DAVID !
VOTRE MAGE EST ENTRE MES MAINS !
?!

MAIS NE CRIE PAS VICTOIRE TROP VITE.
SIRE LASSIC N'EST PAS DU GENRE À HISSER LE DRAPEAU BLANC POUR UN MAGE CAPTURÉ.
…
ÇA, ON NE PEUT LE SAVOIR SANS LUI DEMANDER.

SOUS-ESTIMER LE DISCERNEMENT DE SILUCA A SIGNÉ TA DÉFAITE.
TU FERAIS BIEN DE CAPITULER.
SIRE THEO S'EST BIEN AMÉLIORÉ AU MANIEMENT DU BOUCLIER...
NGH...
TRÈS BIEN, JE RECONNAIS MA DÉFAITE. FAIS DE MOI CE QUE TU VEUX.

SBAAM
NON !
TCHAC
FSH

VLAM
GH...
CE N'EST PAS FINI !
FWOOSH

NGH !
KLING
FWISH
C'EST ÉVIDENT, TU N'ES PAS À LA HAUTEUR !
FWOOSH
ZWIP
AH...
J'AVAIS RAISON...
TU NE TIENS PLUS SUR TES JAMBES.
ZUUM

HAH ! TU NE TIENDRAS PAS UNE SECONDE FACE À SIRE LASSIC !
PEUT-ÊTRE, MAIS CE N'EST PAS LUI QUE J'AFFRONTE MAINTENANT !
TAP
TAP
KLAAANG

FSHHH
...
HMPF...
TA MISÉRABLE CONTRE-ATTAQUE ÉTAIT ÉLOQUENTE...
TU N'AS AUCUNE CHANCE CONTRE MOI.
JE SUIS CONVAINCU DU CONTRAIRE.
JE VOIS BIEN QUE TU ES ÉPUISÉ.
TU AS LES JAMBES FLAGEOLANTES.

J'AI POURTANT ENFREINT TES DIRECTIVES EN VENANT ICI.
PARDONNEZ-MOI, SIRE...
J'AI ÉTÉ ACCULÉE...
NE T'EN FAIS PAS...
JE SUIS HEUREUX DE POUVOIR T'AIDER.
VIUU
IL N'A PAS HÉSITÉ UN INSTANT À VOLER À MON SECOURS...
ALORS QUE JE N'AI FAIT QU'ÊTRE CASSANTE AVEC LUI...

FWOOSH
TSAP
TSS !
SIRE THEO, QUE FAITES-VOUS ICI ?
!
J'AI VU DEPUIS LES REMPARTS QUE TU AVAIS BESOIN D'AIDE.
TU NE ME SERMONNES PAS ?

TU ES...
SIRE THEO...
RECORD OF GRANCREST WAR
Chapitre 9

SIRE THEO...

S'IL NE T'AVAIT PAS RENCONTRÉE, RIEN DE TOUT ÇA NE LUI SERAIT ARRIVÉ !
KLONG
...
TU ES...
POURRAIS-TU ÉVITER...
DE MARTYRISER MA MAGE, JE TE PRIE ?

C'EST TOI QUI L'AS ENTRAÎNÉ DANS CETTE DÉBÂCLE !
PAR PUR INTÉRÊT PERSONNEL, PAR PUR ÉGOÏSME !
J'EN SUIS BIEN CONS-CIENTE.
JE SAIS QUE C'EST CONDAM-NABLE.
VOILÀ POURQUOI J'ESSAYE DE DONNER LE MEIL-LEUR DE MOI-MÊME...
VOILÀ POUR-QUOI JE...
TCHAC

TON SEIGNEUR N'A NI DON NI GÉNIE, IL NE SE DISTINGUE EN RIEN !
SHLIIING
UN HOMME AUSSI INSIGNIFIANT N'A PAS À GOUVERNER DE TERRES !
SHLIIING
SIRE THEO POSSÈDE UNE CHOSE BIEN PLUS PRÉCIEUSE, QUI MANQUE À TOUS LES AUTRES SOUVERAINS !
C'EST POUR RÉALISER SON IDÉAL QUE JE...
C'EST PAS AVEC LE FIASCO D'AUJOURD'HUI QUE TU VAS L'AIDER !
SBAM
GWAH !
BLAM
SI NOUS GAGNONS CETTE BATAILLE, TON SEIGNEUR N'AURA PLUS D'AVENIR...
TOUT ÇA PARCE QUE TU LUI AS DONNÉ DE FAUX ESPOIRS EN SCELLANT UN PACTE AVEC LUI.

ALORS REJOINS-MOI ! ENSEMBLE, VISONS LES SOMMETS !
ET TOI, TU ES TOUT ÇA À LA FOIS !
À CET INSTANT, JE ME SUIS DIT QUE CET HOMME POUVAIT VALOIR LE RISQUE DE MISER MES TALENTS SUR SES AMBITIONS...

MORE-NO...
MAIS AU MOINS, IL A L'AIR D'AVOIR UN PEU D'ALTRUISME ET DE PRAGMA-TISME, CON-TRAIREMENT À BEAUCOUP D'AUTRES...
BON, ON EST LOIN DU SAGE LETTRÉ...
HUH, HUH...
JE NE T'AI PAS SEULE-MENT CHOISI...
POUR TES FORMIDABLES TALENTS DE MAGE.
AH ?
EN CAS DE CONFLIT ARMÉ...
JE N'AURAI QUE FAIRE D'UN SIMPLE LANCEUR DE SORT. C'EST AUSSI D'UN ÉRUDIT, D'UN STRATÈGE ET D'UN GUERRIER ACCOMPLI DONT J'AURAI BESOIN.

REGARDE ÇA !
?!
VIUU
QUE FAIT UN SEIGNEUR À ESSUYER DES VERRES À ERAMU ?!
ÇA NE SE FAIT PAS ?
BIEN SÛR QUE NON, ÇA NE SE FAIT PAS, VOYONS !
JE SUIS VENU POUR DÉNICHER DES GARS PROMETTEURS.
ALORS, QU'EN DIS-TU ? ENTRE À MON SERVICE À LA FIN DE TES ÉTUDES.
FSH
JE REFUSE BIEN HUMBLEMENT.
JE SUIS LOIN D'ÊTRE MISÉREUX AU POINT DE DEVOIR SERVIR UN CINGLÉ COMME VOUS.
ÉCOUTE AU MOINS MA PROPOSITION !
NON MERCI !
QUOI QUE VOUS ME PROMETTIEZ, JE NE DEVIENDRAI PAS VOTRE...
GRAP
RAH, ÇA SUFFIT ! ARRÊTE DE CHIPOTER ET SUIS-MOI !
LÂCHEZ-MOIIII !
ZRRRF
ZRRRF
Sauvignon Wine Restaurant
JE N'AI QU'UN TITRE DE CHEVALIER, MAIS JE NE COMPTE CERTAINEMENT PAS M'EN TENIR LÀ.
JE VAIS DÉGAGER TOUS CES ÂNES DE SEIGNEURS, DEVENIR GOUVERNEUR ET MENER MON PEUPLE ET MON PAYS VERS UNE NOUVELLE ÈRE DE PROSPÉRITÉ.

HÉ, TOI ! TON NOM EST MORENO, C'EST BIEN ÇA ?
VOUS ÊTES... LE PATRON DE LA TAVERNE D'HIER ?
TU ES CELUI QU'IL ME FAUT ! TU VAS DEVENIR MON MAGE, D'ACCORD ?
PARDON ?
EUH, VOUS N'ÊTES QU'UN PATRON DE TAVERNE...
NON, JE SUIS SEI-GNEUR.
ARRÊTEZ VOS PLAI-SANTERIES, MON VIEUX.
POUR ÊTRE SEIGNEUR, IL FAUT POSSÉDER UN CREST, VOUS LE SAVEZ BIEN.

Z'ÊTES PAS D'ACCORD AVEC MOI, PATRON ?
J'EN SAIS FICHTRE... EUH, JE NE SAURAIS VOUS DIRE, MONSIEUR.
?
EH BEN, TU PARLES D'UN ACCUEIL...
GARDEZ LA MONNAIE. AU REVOIR.
...
Sauvignon
Wine Restaurant
Sauvignon
Wine Restaurant

PAUVRES CRÉTINS !
ILS IGNORENT CLAIREMENT TOUT DES STRATÉGIES MILITAIRES ACTUELLES.
AUJOURD'HUI, LES MAGES AUSSI SONT ENVOYÉS EN PREMIÈRE LIGNE.
CEUX QUI NE MAÎTRISENT PAS L'ESCRIME SERONT LES PREMIERS À TOMBER.
Sauvignon
Wine Restaurant
MOI, JE SERAI UN MAGE DE PREMIER ORDRE SUR TOUS LES PLANS !
POURQUOI ILS NE COMPRENNENT PAS ÇA, FRANCHEMENT ?
CETTE BANDE DE TOCARDS DE SECONDE ZONE...

TOUT ÇA PARCE QUE TU AS COMMIS L'ERREUR DE SOUS-ESTIMER SIRE LASSIC !
IL EST D'UNE AUTRE TREMPE QUE TON PETIT SEIGNEUR QUI SE TERRE DANS SON CHÂTEAU !
URGH !
BAM
VAINQUEUR, MORENO !
TAP
TAP
CE FUMIER DE MORENO... IL EST PEUT-ÊTRE DOUÉ À L'ÉPÉE, MAIS DE LÀ À Y ALLER AUSSI FORT EN COURS...
C'EST SÛR. JE SAIS QUE DE NOS JOURS, LES MAGES SONT AUSSI CENSÉS MAÎTRISER L'ESCRIME, MAIS QUAND MÊME...
IL COMPTE COURIR AU COMBAT LE FER À LA MAIN AVEC LES FANTASSINS, OU QUOI ?

HAA
HAA
CE N'EST PAS VRAI...
JE NE VOIS NI IRVIN NI AISHELA.
LEURS ADVERSAIRES LES AURAIENT ACCULÉS ?!
FWIP
ÇA Y EST, TU T'APERÇOIS ENFIN QUE TON PLAN EST TRUFFÉ DE FAILLES ?
SHLING
GH !

SERAIT-CE LE POUVOIR DE L'ÉTHER ?
HMPF...
TU NE PENSAIS PAS AFFRONTER UN AUTRE GUERRIER DU CHAOS, HEIN ?
ET SURTOUT PAS UN DÉTENTEUR DU POUVOIR DE BLINDAGE, SI IMPERMÉABLE À TES DAGUES.
JE DOIS RECONNAÎTRE QUE JE NE M'Y ATTENDAIS PAS.
NOUS VOILÀ À ARMES ÉGALES !
UN GUERRIER DU CHAOS AUX CAPACITÉS ADVERSES AUX MIENNES...
JE CRAINS DE NE POUVOIR VOUS REJOINDRE TOUT DE SUITE, MADEMOISELLE SILUCA.

KLIIING
!
MERCI DU COUP DE MAIN, CAPITAINE GRACQ.
FWAP
VLAF
CETTE PEAU DE FER...

KLING
WOOOOOOOOOOOH
FWOOO
MAIN-TENANT !
BON SANG, JE N'ARRIVE MÊME PAS À DISCERNER SES COUPS !

FIOUH, C'ÉTAIT MOINS UNE !
TSAP
LIEUTENANT !
EST-CE QUE ÇA VA ?
IMPRESSIONNANT, CE MÔME...
KOF KOF
NE PAS HÉSITER FACE À LA MORT, À SON ÂGE...
JE SUIS AISHELA. UNE FOIS LA BATAILLE TERMINÉE, ÇA TE DIRAIT QU'ON FASSE PLUS AMPLE CONNAISSANCE ? ♪
URGH
HAA HAA
UN REGARD DÉNUÉ DE TOUTE INCERTITUDE...
DÉSOLÉE, SILUCA...
M'EN SORTIR SANS TUER PERSONNE RISQUE DE ME PRENDRE UN PEU PLUS LONGTEMPS QUE PRÉVU...

TRANS-
PERCEZ-
LA À
TRAVERS
MOI
!
?!
FWISH
DADAM

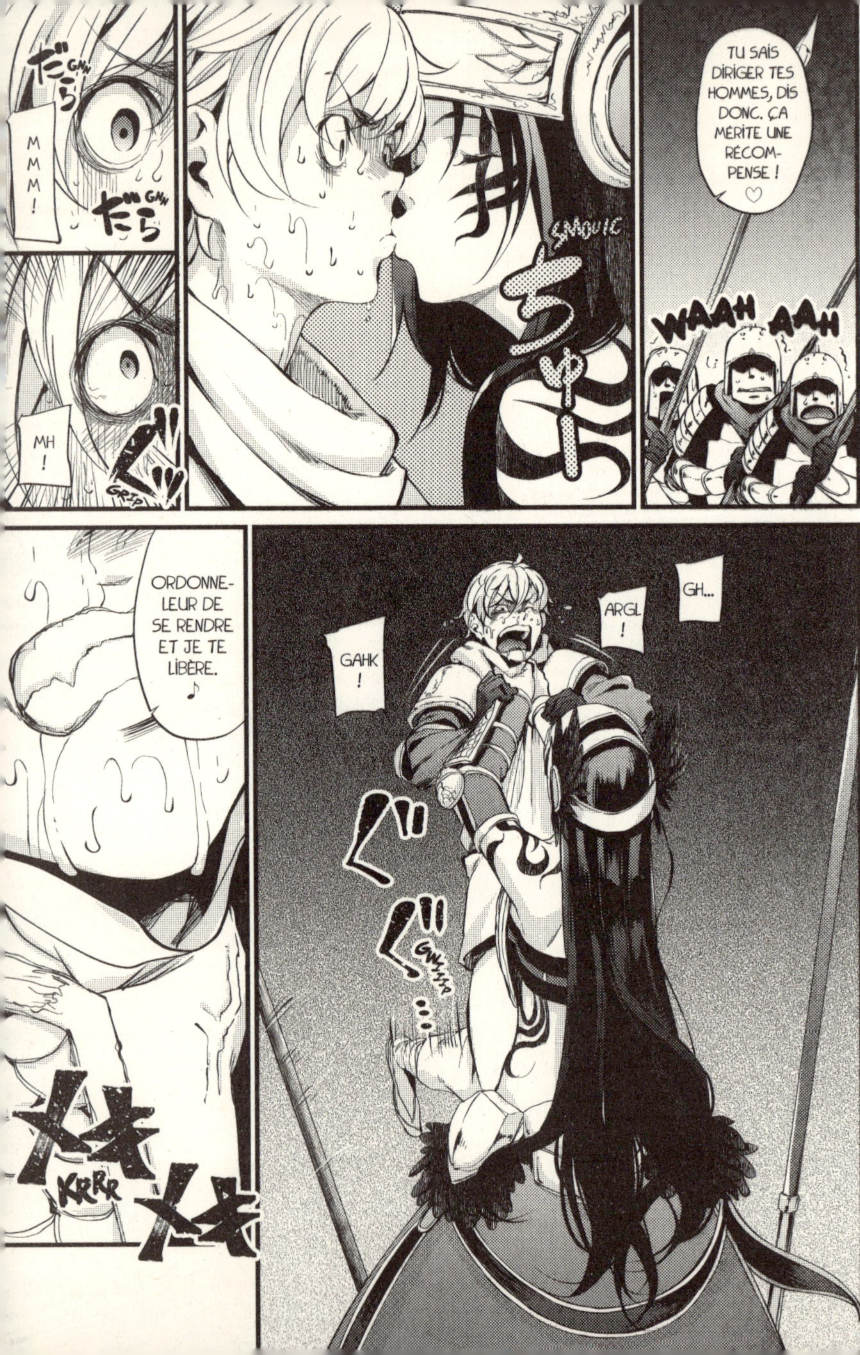
TU SAIS DIRIGER TES HOMMES, DIS DONC. ÇA MÉRITE UNE RÉCOMPENSE ! ♡
WAAH AAH
SMOUIC
GNN
MMM !
GNN GNN
MH !
GRIP
GH...
ARGL !
GAHK !
ORDONNE-LEUR DE SE RENDRE ET JE TE LIBÈRE. ♪
KRRR

PARA-DE !
KLIIING
!
UN SORT D'INER-TIE...
TU PENSES ÉCHAPPER LONGTEMPS À MA LAME AVEC CE PETIT TOUR ?
ET TOI ? TU PENSES POUVOIR AGITER TON COUPE-CHOUX PEN-DANT DES HEURES ?
ÇA VA ALLER, LES DEUX AUTRES VONT BIENTÔT ARRIVER !
TU TE DIS QUE TES PETITS COPAINS VONT VENIR TE SAUVER, HEIN ?
TU FERAIS BIEN DE NE PAS NOUS SOUS-ESTIMER !
PAC
YAAH !
HAH !
FWAP

TU ES SÛRE QUE TU DEVRAIS ÊTRE ICI ?
TON SEIGNEUR POURRAIT ÊTRE EN TRAIN DE SE FAIRE TRUCIDER, TU SAIS.
MAIS J'ADMETS MA SURPRISE. TU T'ES DÉNICHÉE DE REDOUTABLES ALLIÉS.
TOUTEFOIS...
SI CE SONT À TES ORDRES QU'ILS OBÉISSENT, L'AFFAIRE SERA VITE RÉGLÉE.
FSH...
JE N'AI QU'À TE PRENDRE EN OTAGE...
ET ILS AURONT LES MAINS LIÉES !
TSAP
KH...
C'EST MOI QU'IL VISAIT DEPUIS LE DÉBUT !
VAF

INSOLENTE, COMME TOUJOURS.
QUAND APPRENDRAS-TU À PARLER CORRECTEMENT À TES AÎNÉS ?
TSS...
TOUT VA BIEN, CE N'EST QU'UNE ÉGRATIGNURE.
DODOM
DODOM
VLAF
EH BIEN...
REGARDEZ-MOI ÇA...
TU PORTES DES TENUES BIEN OSÉES, MAINTENANT, DIS-MOI...

SI-
LUCA
!
NGH...
MORENO
DORTOUS,
ESPÈCE DE
LÂCHE...

FWAAA
EUH... DÉSOLÉ...
JE PEUX ALLER VOIR L'AUTRE CÔTÉ, APRÈS ?
PITIÉ, SIRE, ÉPARGNEZ-NOUS...
ENFIN, SI C'EST UN ORDRE...
NOUS AVONS BEAU AVOIR DEUX GUERRIERS DU CHAOS DANS NOS RANGS...
L'ENNEMI CONSERVE L'AVANTAGE NON NÉGLIGEABLE DU NOMBRE.
MAIS TU VAS T'EN SORTIR, N'EST-CE PAS...

ARRÊTEZ, SIRE !
NE VOUS PENCHEZ PAS AUTANT, C'EST DAN-GEREUX !
MINCE, IMPOSSIBLE DE LES VOIR D'ICI...
NNNGH
RECORD OF GRANCREST WAR
Chapitre 8
JE... JE VAIS LÂCHER...
BRR
BRR
AH !
ZUUM
SIRE THEO !
VAF

MAIS TU T'ES ENDORMIE SUR TES LAURIERS...
MA PETITE SILUCA.
NGH... MORENO DORTOUS...

SBAMM
URGH !
BAM
TRÈS RÉUSSI, TON PETIT ÉCLAIR.
VIUM
BRR BRR
DIGNE DU JEUNE PRODIGE DE L'ACADÉMIE.
VIOOM
BRR

J'Y SUIS ALLÉE DOUCEMENT, VOUS SURVIVREZ.
PLAIGNEZ-VOUS AUPRÈS DE VOTRE MAGE. IL M'A PERMIS DE RÉDUIRE MON TEMPS D'INCANTATION EN AMPLIFIANT LA CONCENTRATION DE CHAOS DANS L'AIR.
BIEN, ALLONS RETROUVER SIRE THEO...
VWAF

KRZT
KRZT
KRZT
AAAARGH
KRZZZ
KRZ
KRZ
NGH
HRGH
AGH
GH

KRAAK

SSRT
SSRT
KRZZ
KRZZ
KRZZ
QUE... QU'EST-CE QUE...
NON !
ELLE NE PEUT PAS AVOIR DÉJÀ TERMINÉ !

HM ?
C'EST LA MAGE !
LA MAGE ENNEMIE EST LÀ !
FWIP...
SI ON L'ATTEINT PENDANT SON INCANTATION, ELLE EST FOUTUE !
MASSACREZ-LA !
SDAM
SDAM
SDAM
SDAM
SDAM
SDAM
SSRT
SSRT
SSRT
Ô TRAIT DE FOUDRE, TOI DONT LA FULGURANCE RELIE OMBRE ET LUMIÈRE...

À LA MOINDRE INATTENTION, ON EST TOUS MORTS...
QUELLE CHANCE !
J'AI DROIT AU GROS DES TROUPES.
DOM DOM DOM DOM...

AVEC LE CHAMBEL-LAN.
UN… CHAM-BELLAN ?!
BWAAAH
ELLE ÉTAIT BARBANTE, TA QUESTION…
CE N'EST PAS LE MOMENT DE FLAN-CHER !
JE DOIS RETENIR CETTE FEMME ICI, SANS QUOI SIRE LASSIC SERA SUB-MERGÉ.
IL FAUT QUE JE L'ARRÊTE, COÛTE QUE COÛTE…
MÊME SI JE DOIS Y LAISSER LA VIE !
QUOI ? UN CHAM-BELLAN ?
GWIP…
BON SANG, MAIS QUE FAIT UN CHAMBELLAN AU SERVICE D'UNE MAGE ?!
ON NE POUVAIT PAS RÊVER PIRE, CE SONT LES PLUS REDOUTABLES GUERRIERS DU CHAOS !
BON, SOLDATS !
FINIE LA PROME-NADE !
TSAP
TSAP

ET DIS-MOI, TU AS QUEL ÂGE ?
TU AS UNE AMOUREUSE ?
C'EST QUOI, TON PLAT FAVORI ?
ET TA COULEUR PRÉFÉRÉE ?
POURQUOI TU ES DEVENU SOLDAT ?
HEIN ?
QUE...
MAIS ENFIN...
JE...
EUH...
OH LÀ LÀ, ARRÊTE !
NE ME REGARDE PAS AVEC CES YEUX-LÀ ! SINON...
MON CŒUR VA S'EMBALLER... ♪
PARDON, MAIS...
NE CHANGE PAS DE SUJET !
DOOOM !
C'EST SIRE LASSIC QUE LE GUERRIER DU CHAOS DEVAIT ATTAQUER.
QUE FAITES-VOUS ICI ?
COMMENT ÇA ?
NE T'EN FAIS PAS, IL A DE QUOI FAIRE...

QU'EST-CE QU'ELLE FAIT ICI ?
FRSH
BON SANG, QUE FAIRE ? JE N'AI PAS APPRIS À AFFRONTER CES GUERRIERS !
AH, LÀ ! UN JOLI GARÇON !
HEIN ?
VOS TROUPES SONT CHEVRONNÉES, DONC JE PENSAIS ME FARCIR QUE DES VIEUX CRASSEUX !
VIEUX CRASSEUX
MAIS QU'EST-CE QU'ELLE NOUS FAIT, CELLE-LÀ ?
NE ME DIS PAS QU'EN PLUS, C'EST TOI LE CHEF ?
PWOUSH
HEIN ? EUH, SI...
REMARQUABLE, POUR UN PETIT JEUNE ! ♪
PLIC
PLIC
J'AI RÉPONDU PAR RÉFLEXE...

TROU-
VÉS ! ♪
CES MOTIFS SUR SA PEAU... UNE GUERRIÈRE DU CHAOS !

BAOUM
COM... COMPAGNIE, EN ARRIÈRE !

MONSEIGNEUR... POURQUOI MOI ?
HA HA HA !
TU VERRAS BIEN.
TU APPRENDS VITE, DIS-MOI !
CONTINUE À T'EXERCER AVEC CES LIVRES. TU SERAS VITE UN VRAI COPISTE !
OUI, SIRE !
POF POF
BIEN !
VIENS BRISER MA GARDE !
OU... OUI, SIRE !
KLONG KLANG
PETR, RELAYE MA DÉCLARATION AU PEUPLE.
À VOS ORDRES, SIRE.
J'IGNORE POURQUOI SIRE LASSIC S'EST PRIS D'AFFECTION POUR MOI...
MAIS JE VEUX LUI ÊTRE UTILE, À LUI QUI A TANT DONNÉ AU RUSTRE PAYSAN QUE J'ÉTAIS.
JE ME CHARGE DU MENU FRETIN.
SI JE SUIS MON ENTRAÎNEMENT, JE N'EN FERAI QU'UNE BOUCHÉE !
TSAP

TON GAMIN ME PLAÎT BIEN.
JE VOUDRAIS LE PRENDRE AVEC MOI AU CHÂTEAU.
HEIN ?!
...
LUI, MONSEIGNEUR ?!
JE CRAINS QU'IL NE PUISSE GUÈRE VOUS ÊTRE UTILE...
MAIS CET ENFANT NE SAIT QU'À PEINE LIRE ET ÉCRIRE !
LA BELLE AFFAIRE ! JE LUI APPRENDRAI MOI-MÊME.
JE N'AI BESOIN QUE DE TON AVAL.
EH BIEN, SI MON FILS VOUS AGRÉE, JE SERAIS HONORÉE DE VOUS LE CONFIER.
PARFAIT, AFFAIRE CONCLUE !

MON NOM EST PETR…
JE SUIS LIEUTENANT DANS L'ARMÉE DE SIRE LASSIC.
MOI QUI NE SUIS QU'UN SIMPLE FILS DE FERMIER…
JE N'AURAIS JAMAIS IMAGINÉ M'ÉLEVER UN JOUR À UNE SI NOBLE CONDITION.
M'MAN, JE SUIS RENTRÉ !
AH, TE VOILÀ, PETR.
C'EST TOI, LA MÈRE DE CE PETIT ?
?!
MON… MONSEIGNEUR ?!
QUELLE AFFAIRE PEUT BIEN VOUS AMENER DANS NOTRE MASURE ? C'EST PETR ? OH NON ! IL VOUS A FAIT OFFENSE, C'EST ÇA ?!
AU CONTRAIRE, J'AI UNE FAVEUR À TE DEMANDER.
UNE FAVEUR ?

SUR CE...
À TOUT À L'HEURE, SILUCA ! ♡
SMACK
VSH
TSAP
OUAH...
DAMDAMDAM
ON S'EST BIEN RAPPRO-CHÉS DU CHÂTEAU...
ET TOU-JOURS AUCUN SIGNE DE L'ENNEMI...
TAP
TAP
TAP

CHARGEZ!
DAM
DAM
DAM
DAM
DAM
DAM
DAM
WOOOOOH!!

MADEMOISELLE SILUCA...
CELA FAIT UN MOMENT QUE J'AI PERDU LE MAGE ENNEMI DE VUE.
...
PROBABLEMENT UN SORT D'INVISIBILITÉ.
ON PARLE DE MORENO DORTOUS, QUAND MÊME...
QUEL GENRE DE FOURBERIE PEUT-IL...
SSRT
SSRT
!
SSRT
SSRT
SSRT
LA CONCENTRATION DE CHAOS A AUGMENTÉ !
IL VEUT ESSAYER DE ME PROVOQUER EN DUEL ?
EH BIEN, QU'IL VIENNE DONC...
S'IL PENSE POUVOIR ME VAINCRE...
JE L'ATTENDS !
FSH

NE T'AVISE PAS DE MOURIR.
JE N'EN AI NULLEMENT L'INTENTION.

TSAP
OUI, EN AVANT !
PAS VOUS, SIRE THEO ! VOUS RESTEZ ICI !
GRAP
ET N'ESSAYEZ PAS DE NOUS SUIVRE !
SI ON VOUS TROUVE SUR LE CHAMP DE BATAILLE, NOUS PERDRONS.
JE... JE PLAISANTAIS...
ET SI PAR MALHEUR LES DÉFENSES DU CHÂTEAU VENAIENT À TOMBER...
LES RECRUES DEVRONT BATTRE EN RETRAITE, ET VOUS, CAPITULER. C'EST BIEN CLAIR ?
OUI, OUI...
JE VOUS AI À L'ŒIL !
...
SILUCA...

NOS ESTIMATIONS SONT EXACTES : ILS COMPTENT NOUS BIEN ASSIÉGER...
À LES VOIR LÀ, JE DOUTE DE NOS CHANCES DE VICTOIRE...
C'EST QU'ILS ONT L'AIR FORTS ! DIGNES D'ÊTRE ÉTRIPÉS ! ♪
AISHELA, ÉVITE LES VICTIMES INUTILES.
T'INQUIÈTE, JE DISAIS ÇA COMME ÇA ! ♡
...
LÂCHE-MOI !
GWIP
BON, COMME PRÉVU, AISHELA ATTAQUERA L'AILE GAUCHE, IRVIN LE CENTRE ET MOI L'AILE DROITE.
ÇA MARCHE ! ♪
ENTENDU.
BIEN, ALORS ALLONS-Y.

NOUS Y VOILÀ...
SUR CE, SIRE... NOUS SUIVONS LE PLAN.
BIEN. JE COMPTE SUR TOI !

Chapitre 7
RECORD OF
GRANCREST WAR

Sommaire

Personnages

Theo

Jeune seigneur errant. Il se rend maître d'un domaine après avoir scellé un pacte avec Siluca. Il parcourt le continent avec l'espoir de libérer un jour son île natale de la tyrannie.

Siluca Meletes

Jeune mage considérée comme un prodige par ses pairs de l'Académie de magie. Conquise par les idéaux de Theo sur le rôle des seigneurs, elle décide de se mettre à son service.

Irvin

Guerrier du Chaos à l'habileté sans pareille. Auparavant au service de la famille du grand-duc Kreische, il se dévoue à Siluca, aspirant à ce qu'elle dispose de lui "sans indulgence aucune".

Aishela

Féroce guerrière du Chaos portant une affection débordante à Siluca. Elle juge généralement les moindres faits et gestes de Theo avec une implacable sévérité. Elle manie l'arme d'hast avec virtuosité.

Lassic David

Seigneur autonome de Sievis aussi passionné qu'ambitieux. Il se lance à l'assaut du domaine de Theo.

Moreno Dortous

Mage au service de Lassic. Convaincu que son seigneur a l'étoffe pour devenir empereur, il lui prodigue ses conseils à cet effet.

Synopsis

Depuis des temps immémoriaux, les terres d'Atlatan sont accablées par le Chaos et ses habitants vivent sous la menace constante de ce mal. Pour s'en défendre, le peuple confie sa protection aux seigneurs, les seuls capables de réprimer le Chaos grâce au pouvoir de leur Crest. Hélas, ces derniers ont progressivement délaissé leur devoir et préfèrent désormais mettre les Crests au service de leurs ambitions dans d'incessantes guerres territoriales.

Après son coup d'éclat lors de la Tragédie de la basilique, la jeune mage Siluca est appelée au domaine de Villar Constance, surnommé "le comte lubrique", pour y sceller un pacte et entrer à son service. Attaquée en chemin par les hommes de main d'un ennemi du comte, elle fait la rencontre d'un seigneur errant nommé Theo. Séduite par sa vision idéaliste du rôle des suzerains, elle décide de se mettre au service du jeune homme.

Après avoir renversé le petit seigneur responsable de l'attaque, Theo prend possession de ses terres. Apprenant qu'un vagabond sans nom s'est rendu maître du domaine, les dirigeants voisins tournent vers le territoire un regard empli de convoitise. Le premier à tenter la conquête est Lassic David, jeune seigneur animé d'une ambition dévorante. Épaulés par Aishela, guerrière du Chaos et proche de Siluca, nos héros se lancent dans la bataille pour défendre leurs terres.

Carte des territoires

UNION FANTASMAGORIQUE

ALLIANCE INDUSTRIELLE

GUILDE DES MAGES

Cartographie : AFTER GLOW

RECORD OF GRANCREST WAR

2

Œuvre originale : Ryo Mizuno Dessin : Makoto Yotsuba

Character design : Miyuu